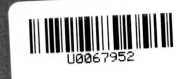

賴馬創作二十週年（之人格分裂/之自言自語）

我生於1968年，根據當時婦產科醫生和護士的說法，出生時有異象。
嘴含金畫筆、手握金色顏料。
（怎麼不是金湯匙和金飯碗咧？）（新一代的偉大畫家誕生了！）
繪畫是我的職業（其實畫得很慢，大部份時間都畫不出來，跑去看電視或睡覺），
最擅長文圖創作。
（其實常常想破了頭卻一無所成。）（創作是一種自虐的工作嗎？）

1996年，出版了第一本圖畫書《我變成一隻噴火龍了！》（好好看！）
當時二十八歲（好年輕啊！）
轉眼間，已經過了二十個年頭。（怎麼現在看起來還是好年輕！）
二十年間，我做了十二本圖畫書。
（是多還是少？據太太的說法：作者書太少是撐不起一個紀念館的！ ）
（呸呸，是繪本館好嗎？!）（2014年夏天，我在台東開了一間繪本館。）

以前，一個人獨立創作。
畫圖畫書給自己內心的小孩看、也給小時候的自己看。（孤獨又孤癖。）
結婚後有了小孩（真是沒想到會結婚生子呀！據太太的說法：因為你有幸遇到了我。）
（再根據五歲女兒小滴的說法：是把拔嫁給馬麻的。）
（我最愛我太太了！太座開心、全家快樂！）
我的身分成了「全職爸爸、兼職作家」（以前太閒，現在太忙。）（是報應？還是平衡一下人生？）

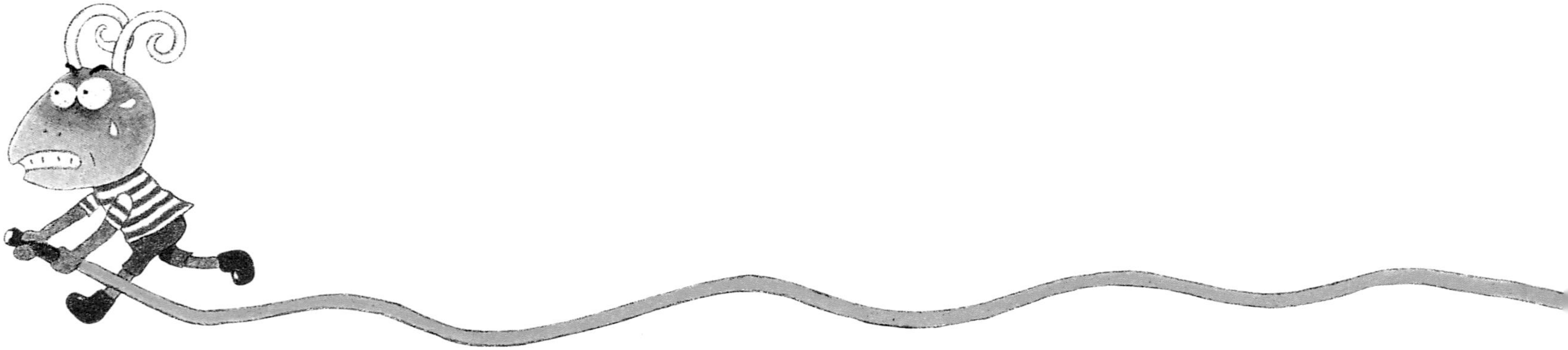

養育三個孩子的過程，讓我對「小孩」這種特殊生物有了深刻的認識，
（像天使，也像惡魔，更像外星人。）（每天都在戰鬥中！）
更體驗到為人父母總是誠意十足，卻又無可奈何的心情。
（世間辛苦的家長們，同是天涯淪落人，我了解的，拍肩。）
和孩子們相處時的每一份感動、每一個教養問題，乃至於每一場衝突，都是我創作的靈感來源。
（真是無時無刻都在想著圖畫書創作！）（太偉大了！）（可歌可泣！）
（目前作品裡《禮物》、《愛哭公主》、《生氣王子》和醞釀中的下一本書靈感都來自我家小孩。
我想，在他們長大成人之前應該都會是這樣吧！）

二十年來，很感謝許多人喜歡我的作品。
（喜歡就要去買喔！不要考慮太多，網路也很方便！）（要這麼直白嗎？）
謝謝我美麗又辛苦的太太、我親愛的孩子們和我的親朋好友。（小孩出現問題→馬麻發現問題→一起想辦法解決問題→再一起做成圖畫書。）（最近幾年的作品幾乎都算是家庭共同創作了。）（家族企業儼然形成。）

希望在未來的十年、二十年，每年都有好看又有趣的作品產生。
（夢想中的量產要啓動了嗎？！）（是說還能畫這麼久嗎？）
總而言之，謝謝支持！讓我們一起為孩子創造更美好的童年。
（支持賴馬就是支持圖畫書！）（咦？是競選口號嗎？）
（喜歡就要去買喔！）（這個很重要，所以講兩次！）

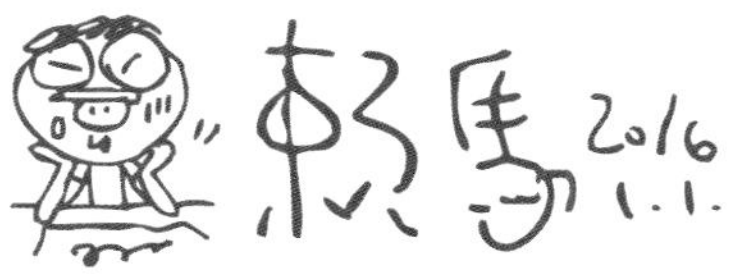

- https://www.facebook.com/laima0619 賴馬繪本館粉絲專頁
- https://www.facebook.com/laima0505 賴馬臉書
- 去App聽賴馬故事有聲書

文・圖｜賴馬
責任編輯｜黃雅妮
美術設計｜賴馬、賴曉妍
封面・內頁手寫字｜賴咸穎、賴俞蜜
行銷企劃｜王予農、林思妤

天下雜誌群創辦人｜殷允芃
董事長兼執行長｜何琦瑜
媒體暨產品事業群
總經理｜游玉雪
副總經理｜林彥傑
總編輯｜林欣靜
行銷總監｜林育菁
資深主編｜蔡忠琦
版權主任｜何晨瑋、黃微真

出版者｜親子天下股份有限公司
地址｜台北市104建國北路一段96號4樓
電話｜（02）2509-2800　傳真｜（02）2509-2462
網址｜www.parenting.com.tw
讀者服務專線｜（02）26 62-0332　週一～週五：09:00~17:30
讀者服務傳真｜（02）2662-6048
客服信箱｜parenting@cw.com.tw

法律顧問｜台英國際商務法律事務所・羅明通律師
製版印刷｜中原造像股份有限公司
總經銷｜大和圖書有限公司　電話：（02）8990-2588

出版日期｜2016年１月第一版第一次印行
2024年１月第一版第三十二次印行

定　價｜360元
書　號｜BKKP0162P
ISBN｜978-986-92614-5-6（精裝）

訂購服務
親子天下Shopping｜shopping.parenting.com.tw
海外・大量訂購｜parenting@cw.com.tw
書香花園｜台北市建國北路二段6巷11號　電話（02）2506-1635
劃撥帳號｜50331356 親子天下股份有限公司

立即購買＞
有聲故事書

我變成一隻噴火龍了！

有一隻蚊子名字叫波泰，

牠最喜歡吸愛生氣的人的血。

嘿嘿，今天的目標就是他了。

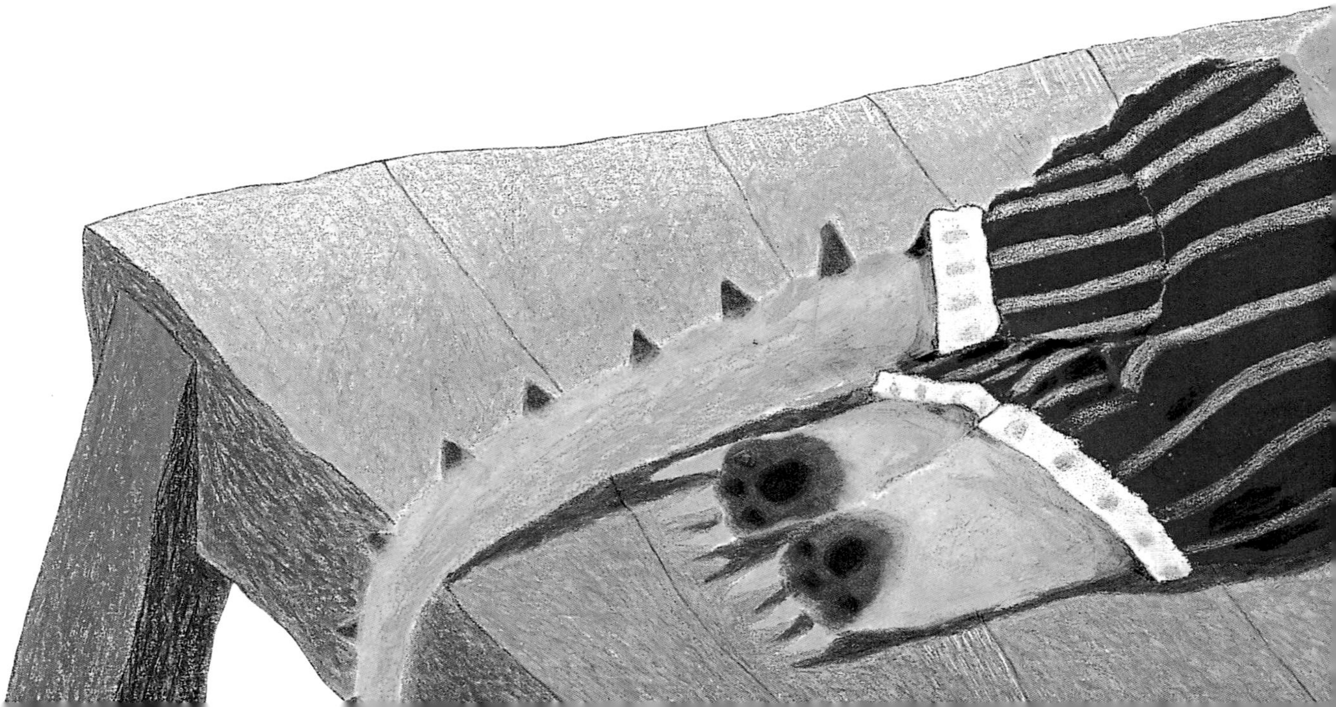

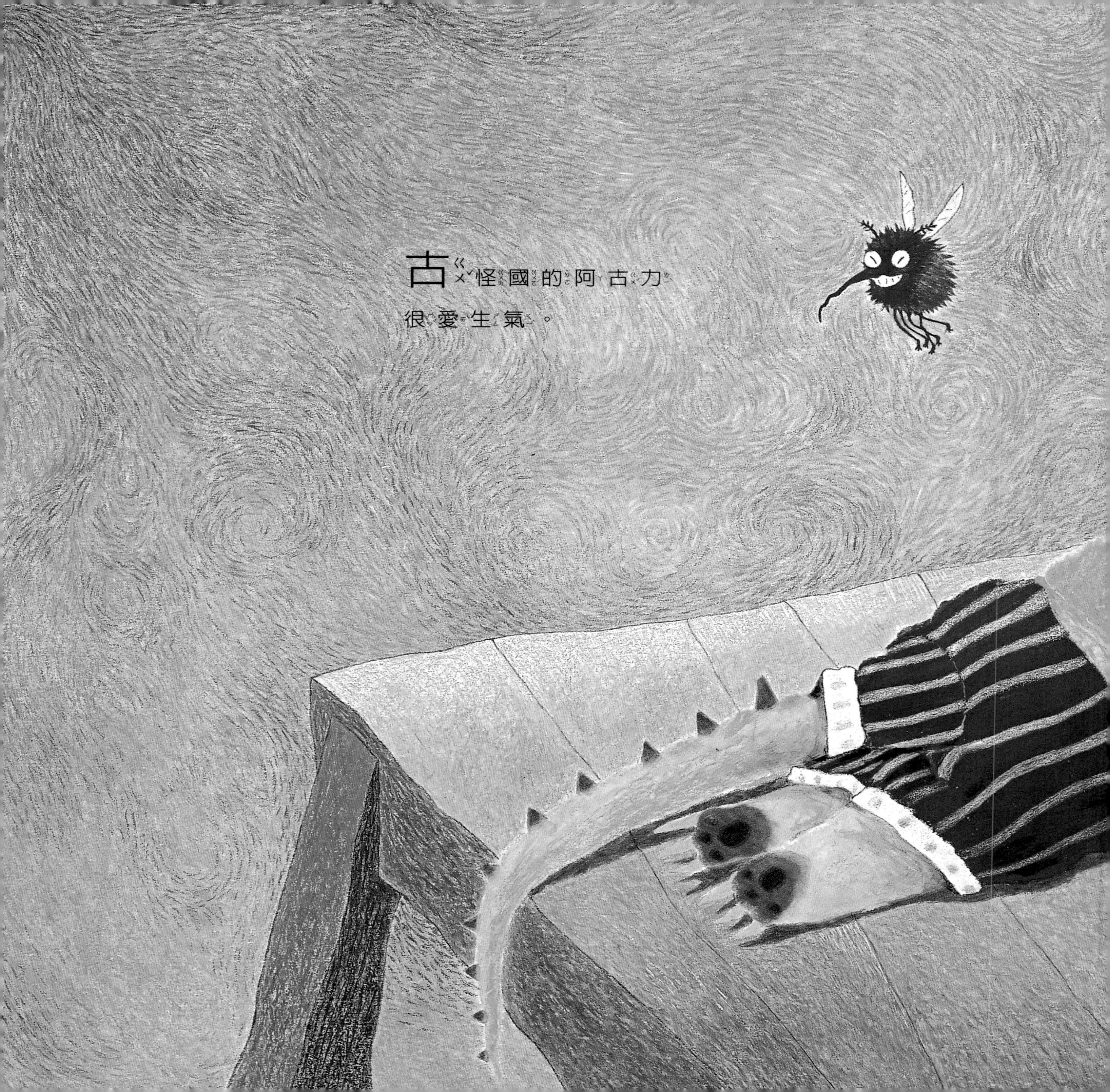

古怪國的阿古力
很愛生氣。

今天一大早，
阿古力就被波泰
叮了一個包。

他ㄊㄚ 當ㄉㄤ 然ㄖㄢ 非ㄈㄟ 常ㄔㄤ 生ㄕㄥ 氣ㄑㄧ。

啪ㄆㄚ！

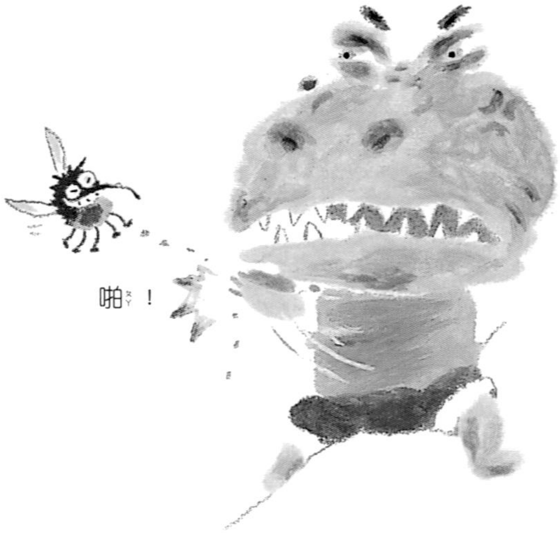

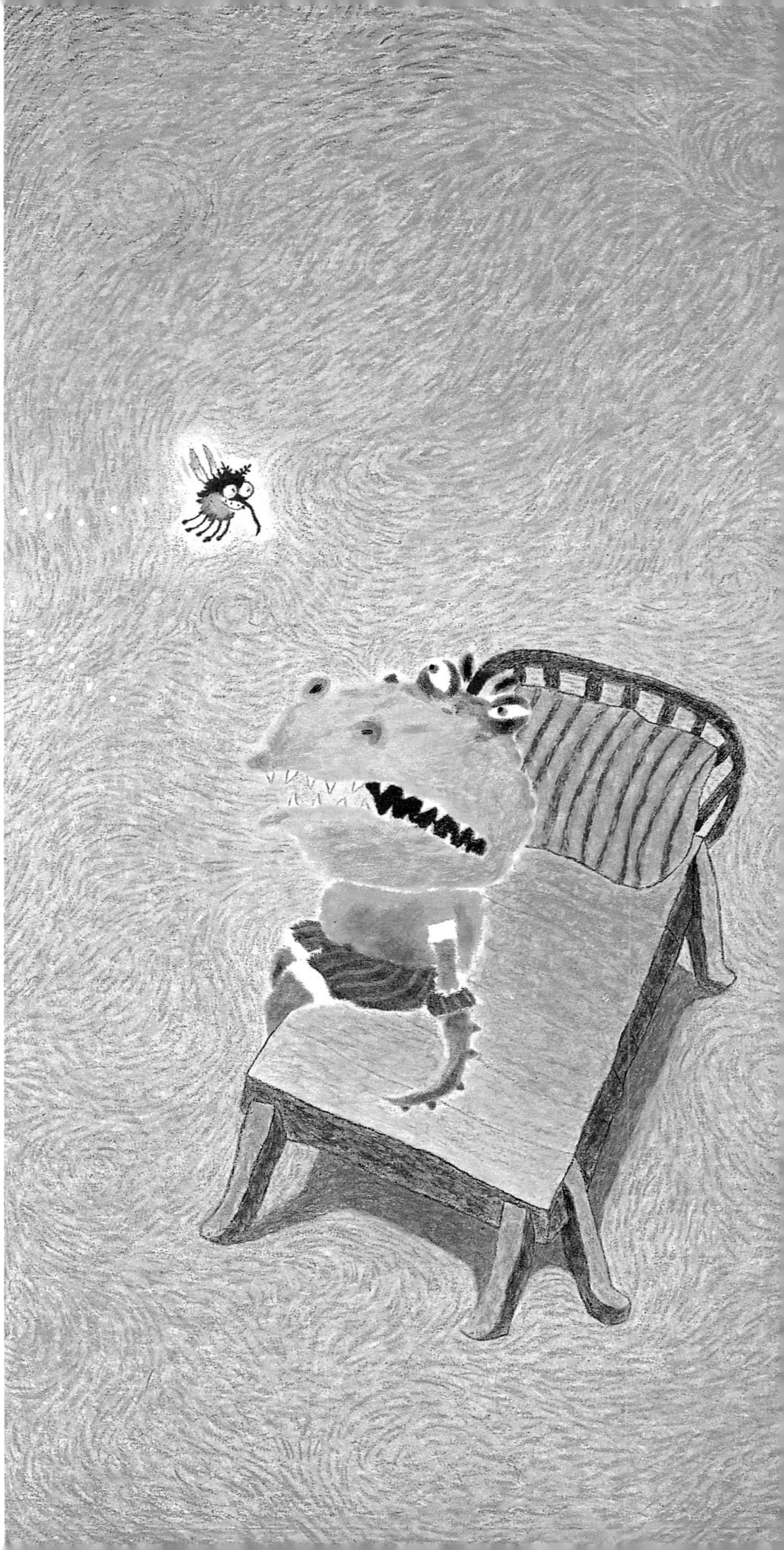

吼!

阿ㄚ古ㄍㄨ力ㄌㄧ大ㄉㄚ叫ㄐㄧㄠ一ㄧ聲ㄕㄥ！

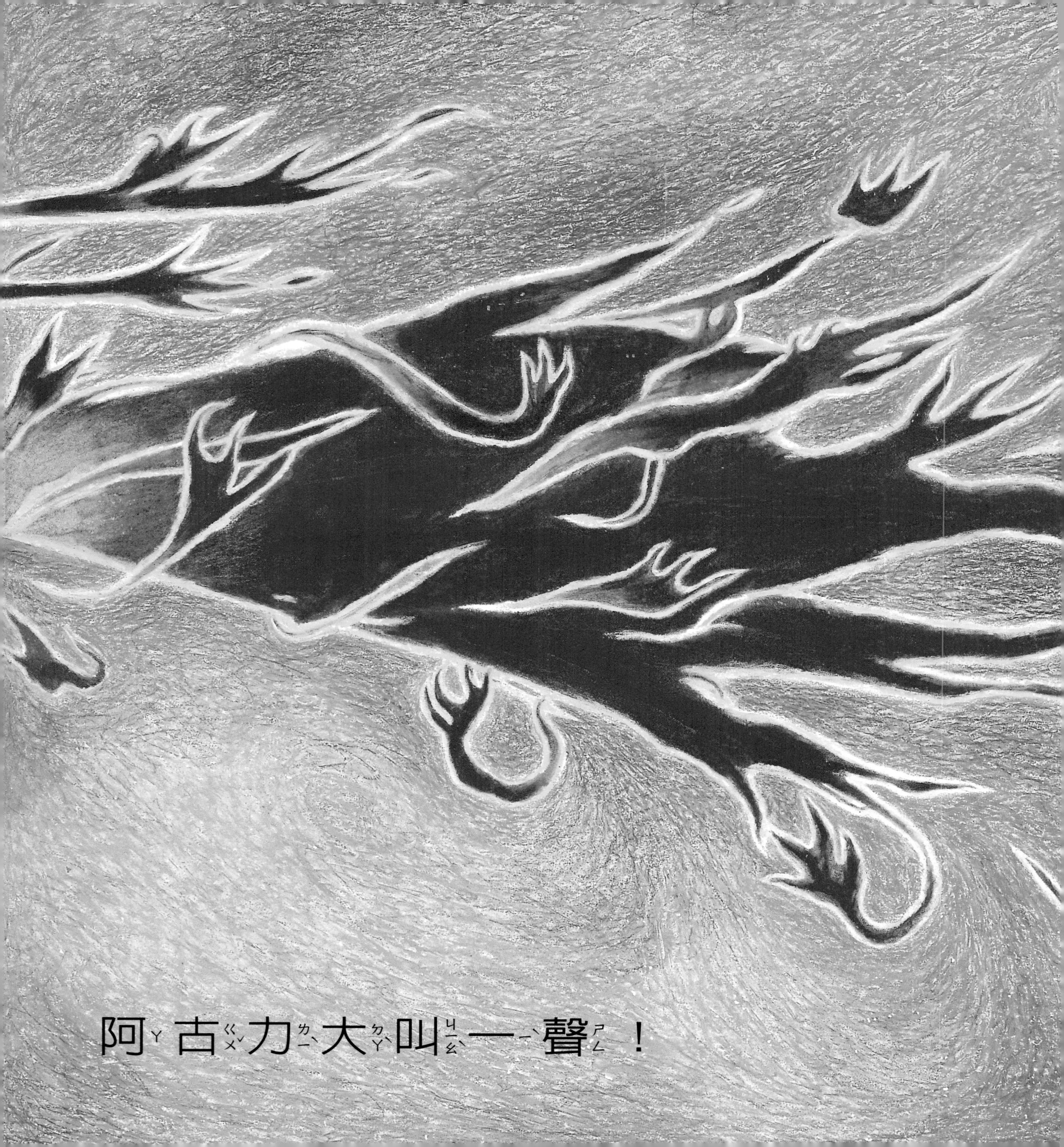

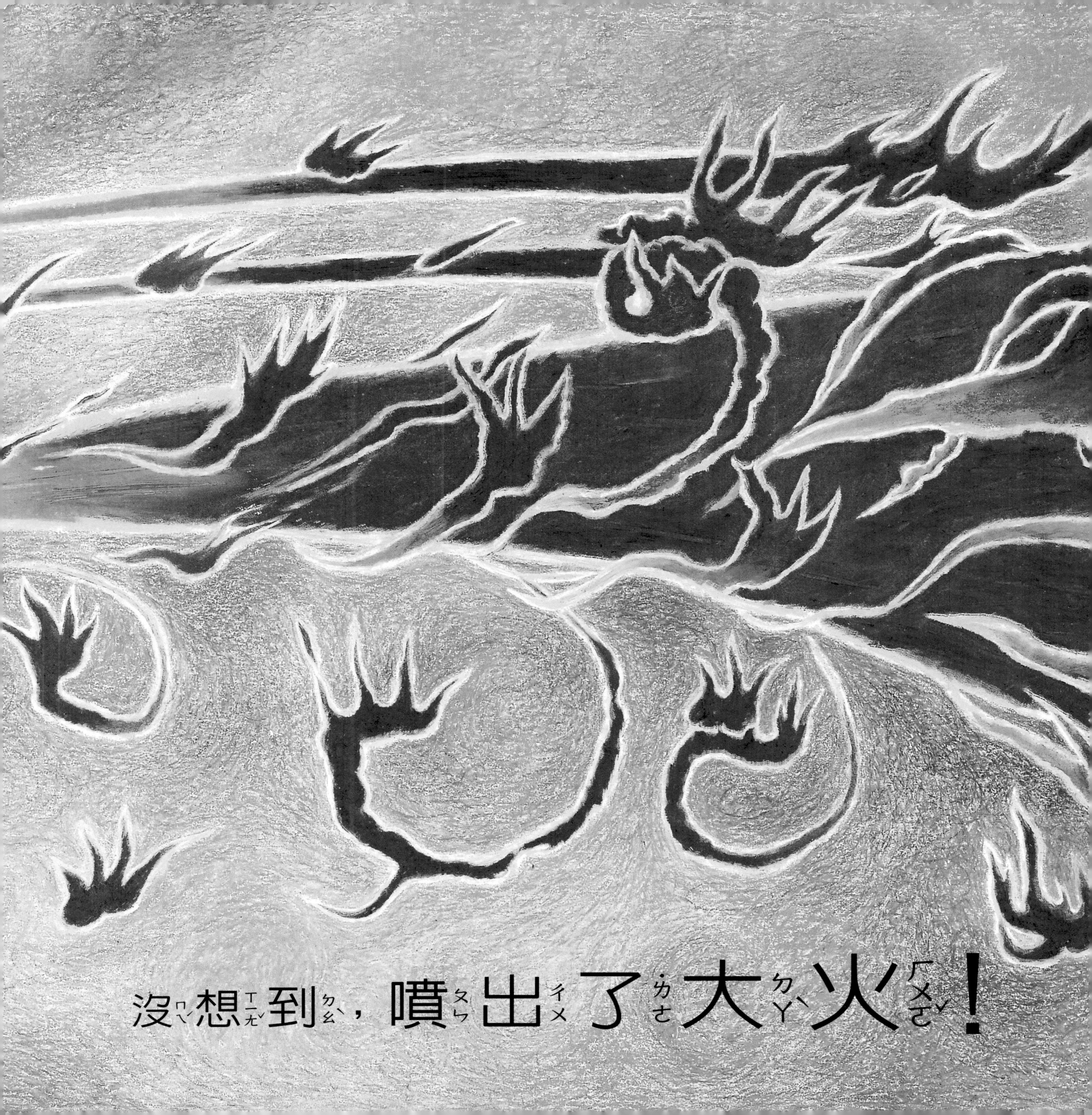

沒想到，噴出了大火！

大火把他的家燒了一半。

「哇，他是我看過火氣最大的怪獸！」波泰說。

原來，波泰是隻會傳染噴火病的蚊子。

我變成一隻噴火龍了！

他只要一開口，就會有火冒出來，鼻子的火更是二十四小時噴個不停。

你知道一隻怪獸會噴火，

有多麼不方便嗎？

當他肚子餓的時候……

他的漢堡變成燒焦的炭堡。

當他睡前要刷牙的時候……

「啊！ 我的牙刷！」

就連玩具也……

連鄰居也慘遭他的毒火。

才一會兒工夫，
他就燒掉一間房屋，
兩棵樹和三個郵筒。

打噴嚏的時候，
還燒到他的好朋友
吉普拉。

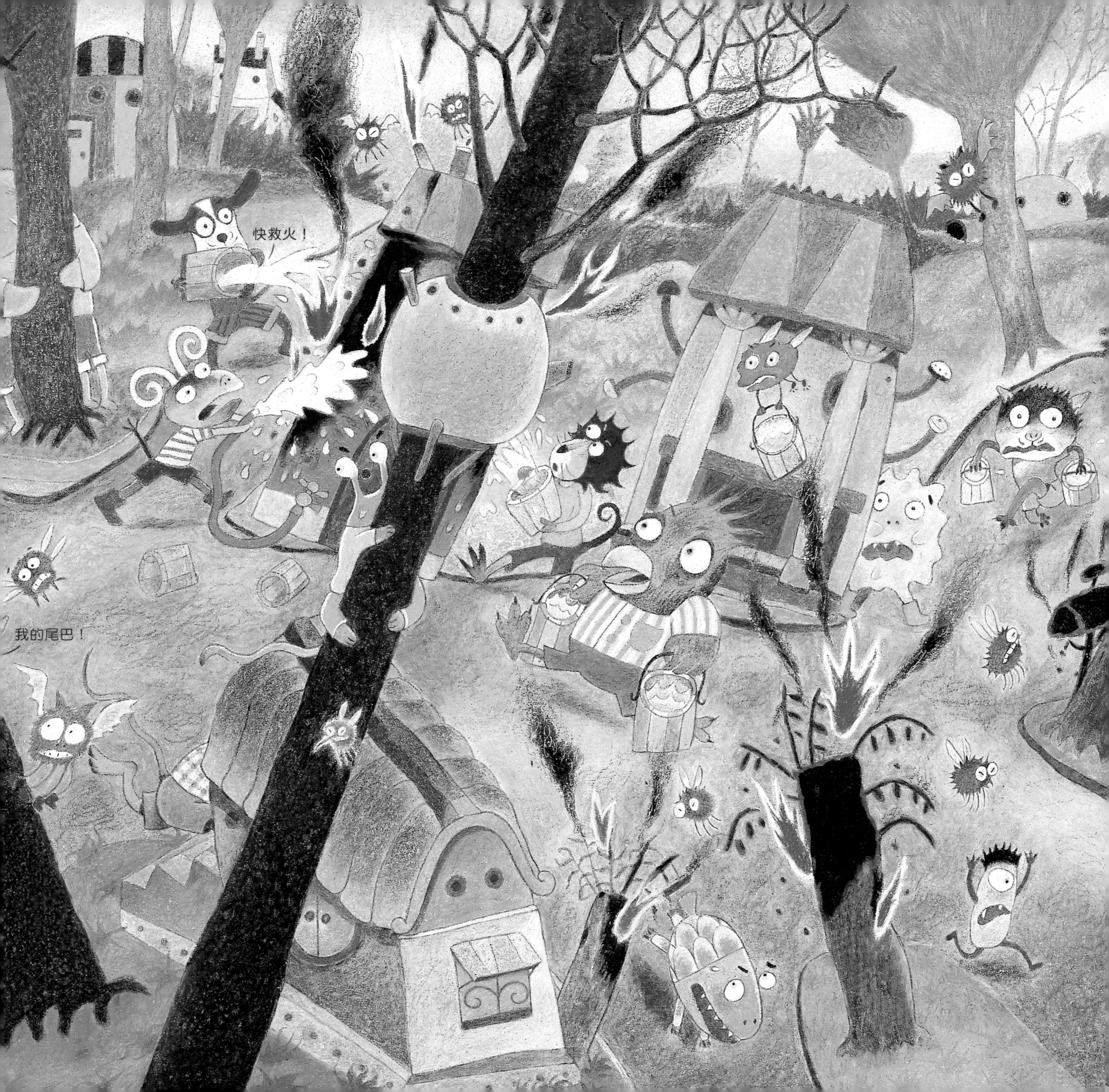
快救火！
我的尾巴！

古怪國的居民，
都不敢接近他。

看不見我！
怕怕~
快躲到水池裡！

「泡在水裡，應該會把火弄熄吧？」阿古力想。

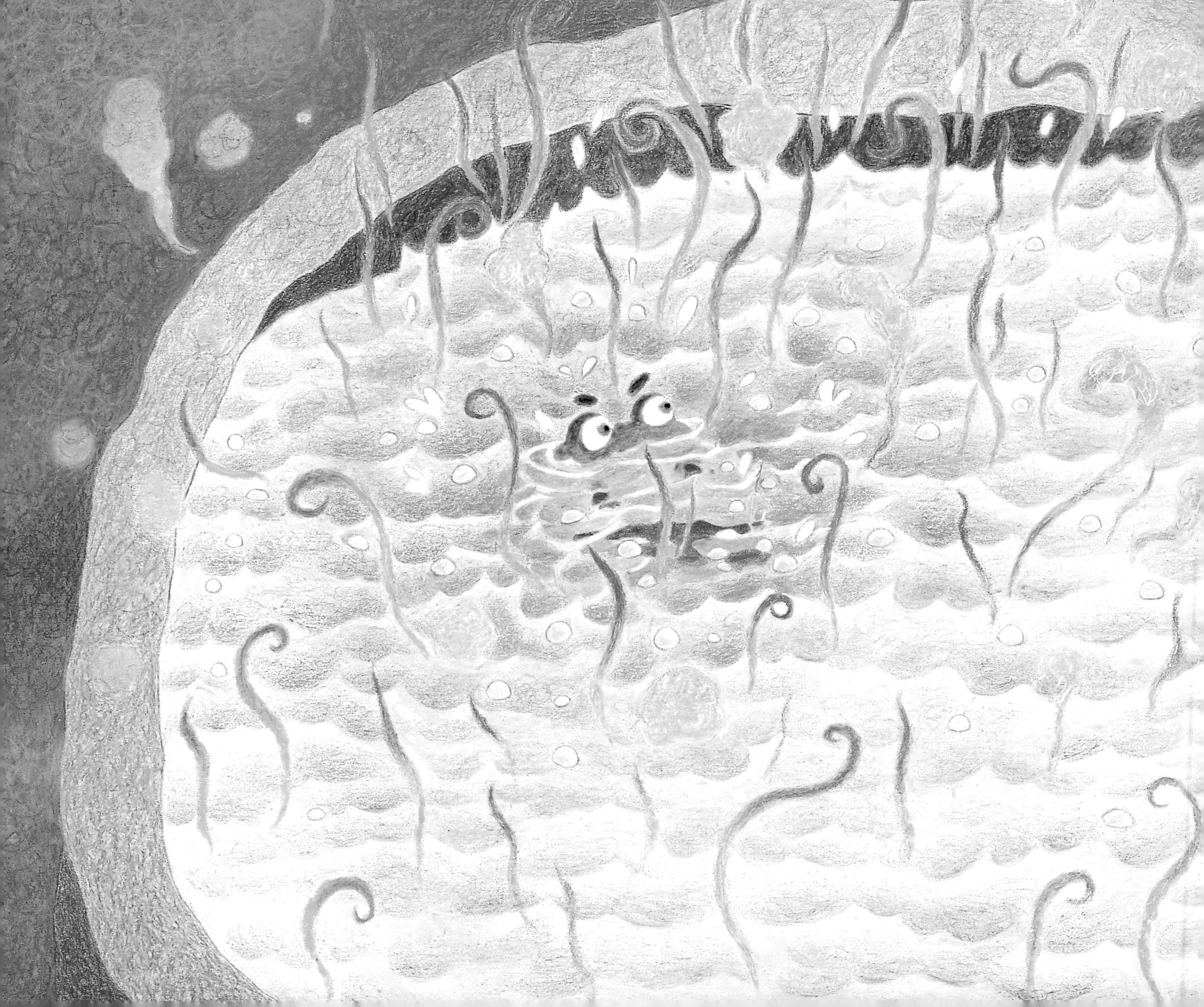

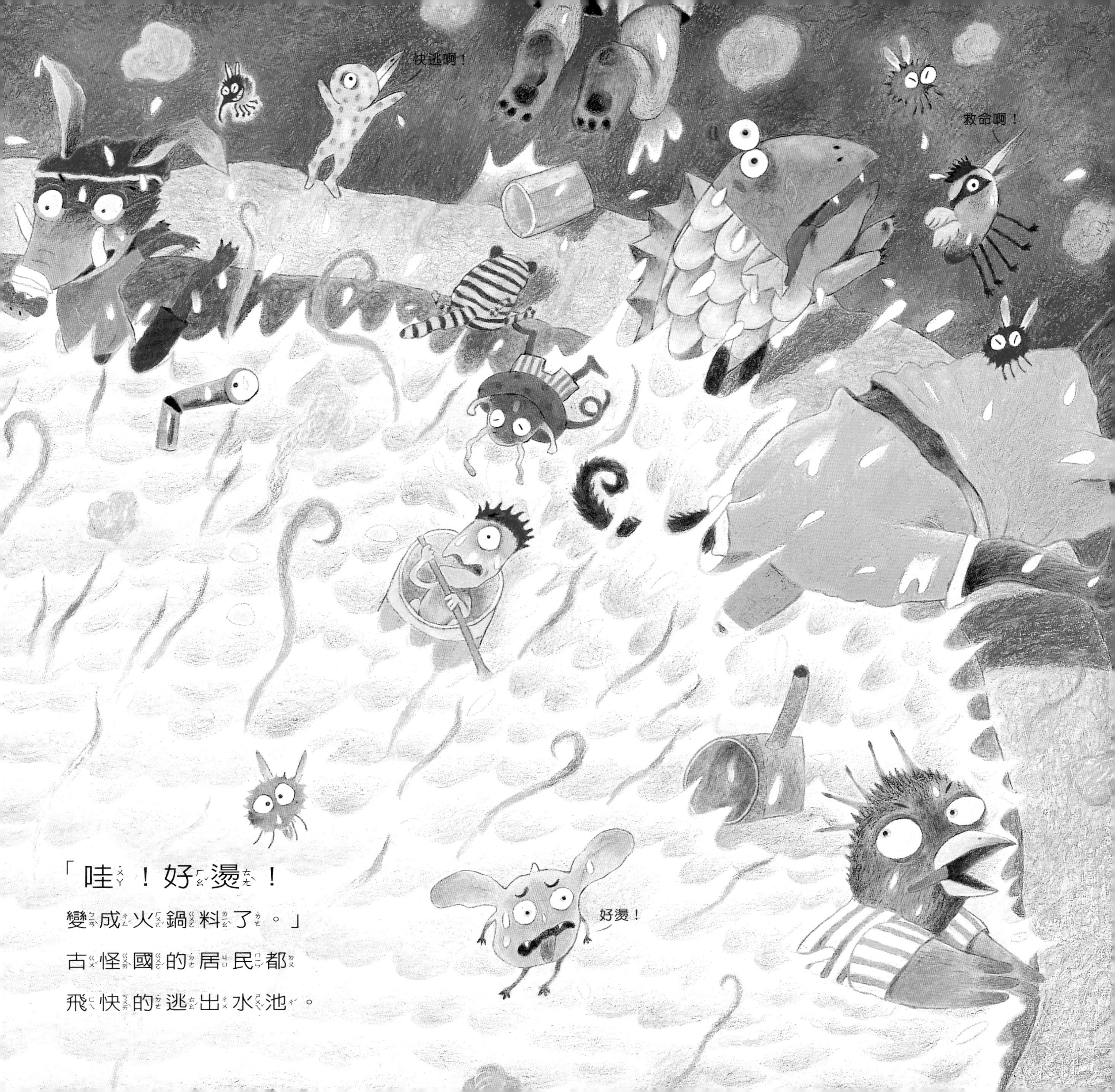

「哇！好燙！
變成火鍋料了。」
古怪國的居民都
飛快的逃出水池。

「泡在水裡不行，
埋進沙堆試試看！」
阿古力說。

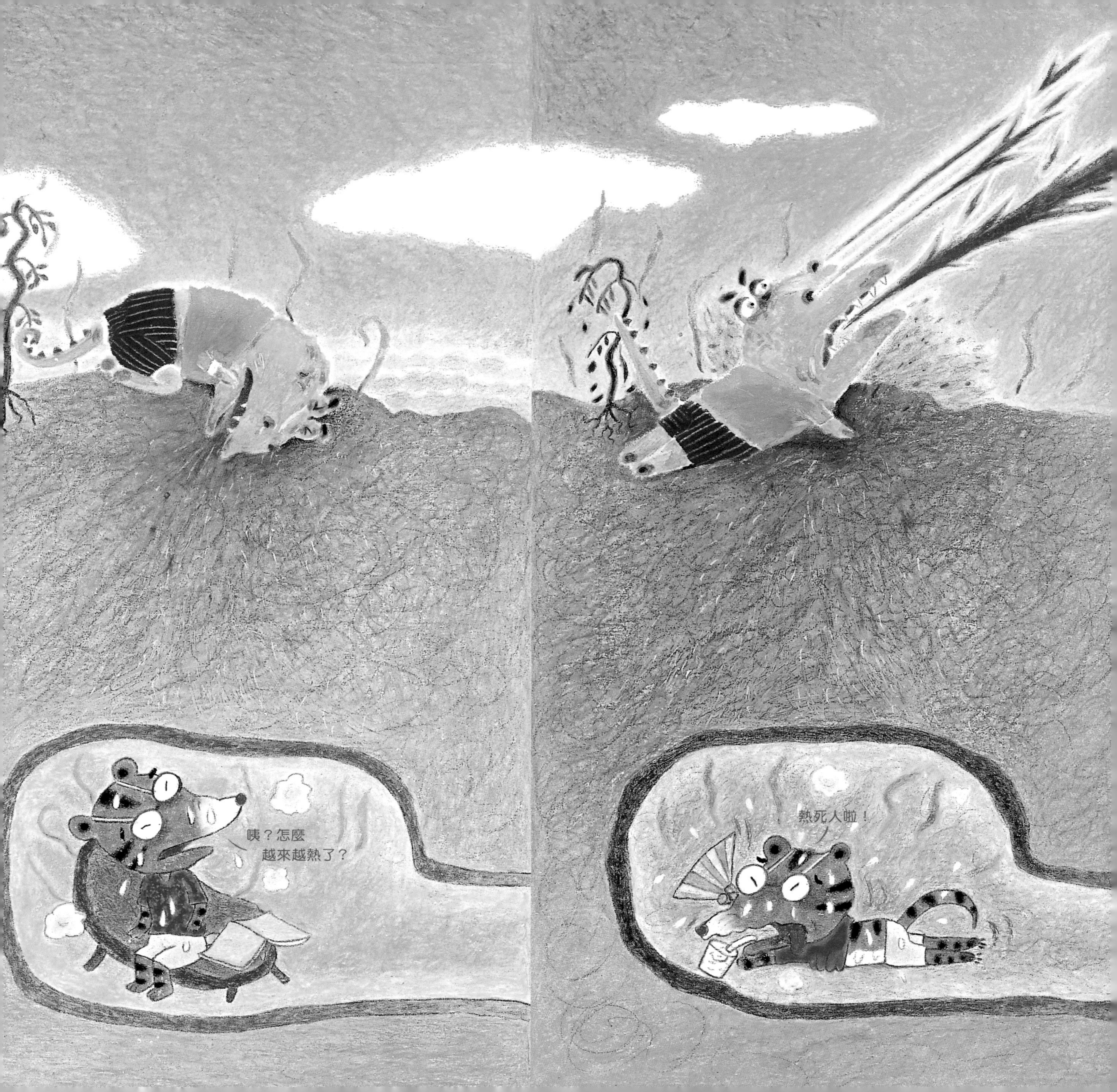
咦？怎麼
越來越熱了？
熱死人啦！

「用滅火器好了！」

「躲進冰箱裡，

總可以了吧？」

「吹熄它。」

「哈哈，他以為在過生日，吹蠟燭呢！」
蚊子波泰說。

「沒辦法了吧！」

波泰說。

可憐的阿古力……

又餓又累的阿古力，傷心的哭了起來，眼淚、鼻涕直流。

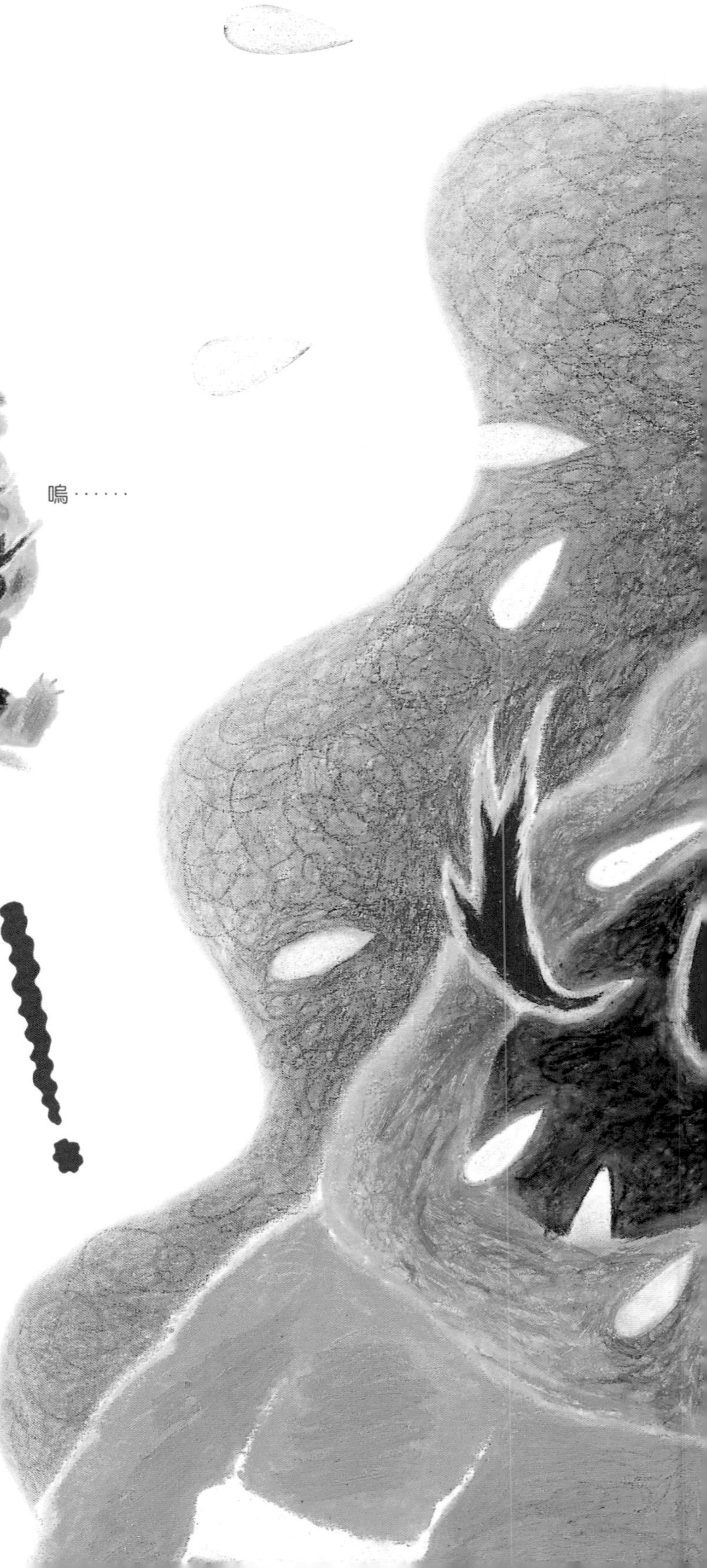

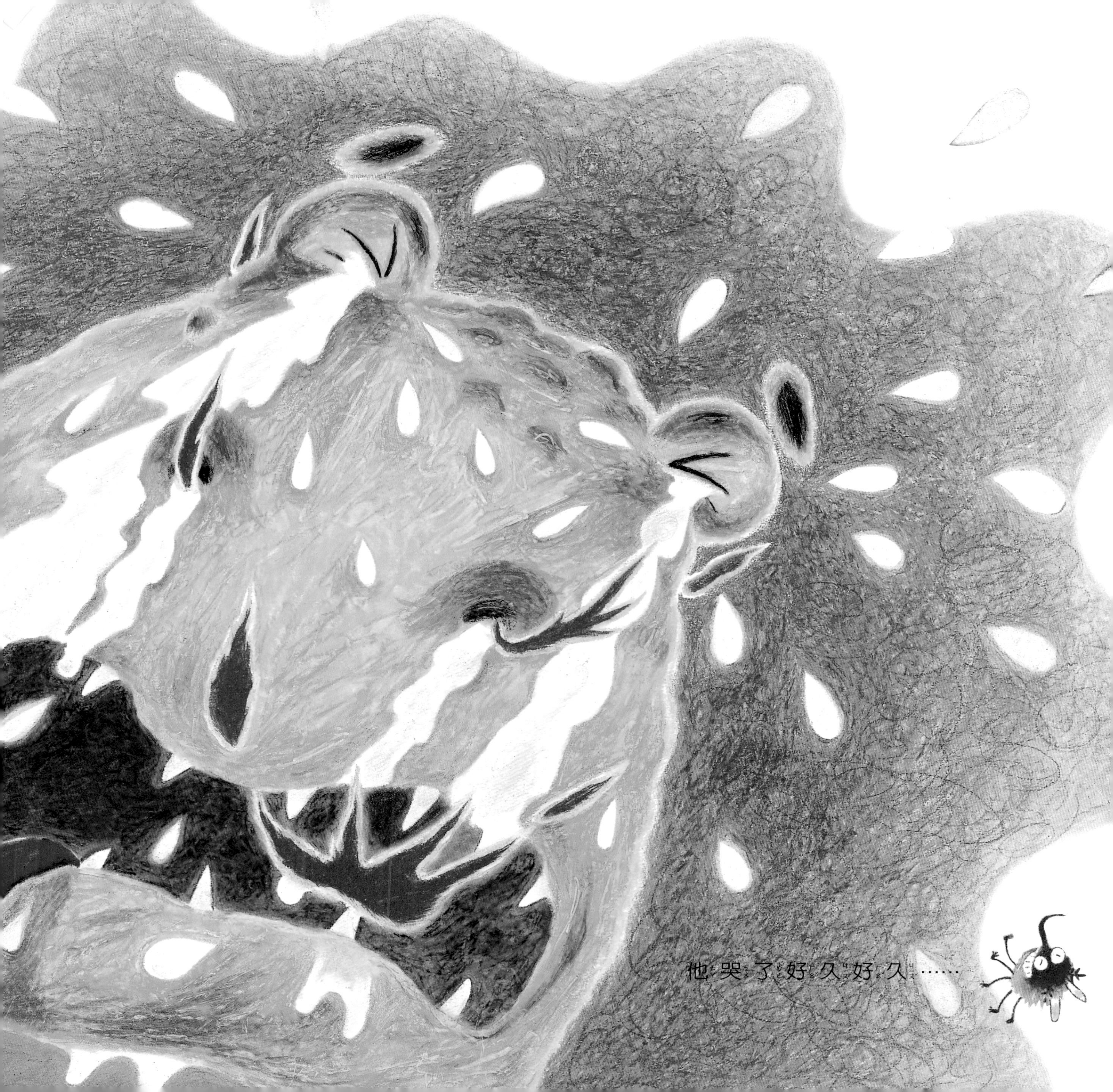

他哭了好久好久……

沒想到……

鼻水和淚水，

竟然把火給澆熄了。

呃……
萬歲！
危機解除。
太好了！

「太好了！太好了！」阿古力笑了起來。
古怪國的居民都開心的歡呼。

「奇怪，他怎麼知道

又哭又笑，大火熄掉！

這個解藥？」

波泰繼續尋找下一個目標。

哈！找到了！